LES VIEILLES DAMES ET LES HOMMES

DU MÊME AUTEUR

Aux Éditions Denoël

Les vieilles dames
Toutes les vieilles dames
Encore les vieilles dames
Les vieilles dames et les loisirs
Toujours les vieilles dames
Adam et Ève (et Caïn)
La nature des choses
Y'a qu'à
Les gros soucis
Fais-moi peur
Allons-y à pied
Entrée libre
En plongée
Objectif mars
Pouce !
Ouf
Ayayaïe !
C'est reparti
Tiens, c'est plus Valéry !
L'état de grince
Les soldés de l'an deux
Sans filet !
Le temps se couvre
Papiers s'il vous plaît !
Y'a un truc !
Ohé ! du bateau !

Aux Éditions Calmann-Lévy

Romans :

Allez vous rhabiller
Ni d'Ève, ni d'Adam
Rue Panse-Bougre
Au lapin d'Austerlitz
Albina et la bicyclette
Oublie-moi Mandoline
Albina roule en tête

Aux Éditions Stock

L'œil à la main

Aux Éditions Fayard

Paraboles et Fariboles

JACQUES FAIZANT

LES VIEILLES DAMES ET LES HOMMES

DENOËL

ISBN : 2-207-21831-7

— *J'espère bien que la fumée ne vous dérange pas !*

— *Papa !*

— *Pensez ! Un jour où je viens de faire mes parquets !*

— *Allez ! Y a pas de raison ! tout le monde à l'eau de Vichy !*

— *Tu vois que tu peux te dépêcher quand tu veux !*

— Laisse-le, je n'ai pas eu le temps de faire sa soupe !...

— *Viens voir ! Il y a un nommé Arvers qui a copié le sonnet que tu avais composé quand on était fiancés !*

— Je crois que c'est un jour où nous avons intérêt à nous tenir peinards !

— Tu verrais ça, si je n'étais pas si malade !

— Vous savez ! avec tous ces romans d'aventures qu'il lit...

— Ah ça ! sa cure quotidienne de chlorophylle, c'est sacré !

— *Ah ! ah ! Vous voilà rentré de vacances. On reprend nos petites orgies du dimanche ?*

— *Ah ! c'est vous ? Eh bien ! pour une année qui commence mal, c'est une année qui commence mal !*

— La tension internationale le préoccupe beaucoup !

— *Oh ! je t'en prie ! ces jours-ci, personne n'a le cœur à rire !*

— *Les oreillons ! Il est bien temps !*

— Puisque je te dis que ce n'est pas un de tes copains de régiment !

— Je vous préviens que si Monsieur se met à rajeunir, moi je vous donne mes 8 jours !

— *Bel anchois vous même !...*

— Et c'est seulement maintenant que tu découvres un truc pour faire fortune !

— Lui, vous savez, s'il n'a pas sa sieste après les repas !

— Je te parle !...

— *Ça c'est l'Invincible, que j'ai longtemps commandé par personne interposée...*

— ...*Mais quand tu auras consenti à m'apprendre à jouer, tu gagneras peut-être moins souvent !*

— Je ne sais pas très bien mon code, mais je peux vous réciter une fable de La Fontaine.

— *Tu aurais pu me cueillir des orchidées, pour changer un peu !*

— Nous gardons la place pour mon mari, si toutefois vous n'y voyez pas d'inconvénient.

— Oh ! alors !... s'il arrive en courant, c'est pas le mien, c'est le vôtre !

MOI JE NE
ME FACHE
PAS
MAIS MEFIEZ
VOUS DE
MA FEMME
JACQUES FAIZANT

— C'est des gens de la S.P.A. qui viennent enquêter au sujet du chat qu'on martyrise !

— Avec un contrat draconien ! Pensez : un minimum de 20 baise-mains par jour !

— La colonnelle prévient le caporal que le déjeuner du colonel est en train de refroidir.

— *Je sais !... Ce sont les rescapés de mon club de « fans » de 1910.*

— *Rappelle-toi... Nous sommes le 11 novembre 1918, je suis la plus belle fille du monde, et toi, tu viens de gagner la guerre à toi tout seul...*

— *A part moi, je n'ai jamais vu quelqu'un aussi près de ses sous que toi !*

— C'est vrai ! Il faut que je te fasse un aveu : BLANCHE-NEIGE, c'était moi !

— *Moi j'ai de la chance : ma sono est pourrie !*

— *C'est si vieux tout ça... je ne sais même pas si je saurais encore me servir d'un revolver !*

— *Vous êtes têtu !... je vous ai déjà dit non quand nous avons passé notre certificat d'études !...*

— *Et votre mari à vous, il l'aime bien aussi, Brigitte Bardot ?*

— Il y a eu 45 secondes de silence, je commençais à m'inquiéter !

— Et alors ? vous n'avez jamais vu une dame un peu lasse ?

— *Vous vous souvenez, en 1902, quand vous m'avez dit : le jour où vous en aurez assez de votre mari...*

— Regarde Pépère qui veut un sucre !...

— *L'arbitre... au poteau !*

— *Là... je t'embrasse une bonne fois pour Noël, le 1ᵉʳ janvier, ta fête et ton anniversaire...*

— Eh bien ! puisque vous ne m'aimez pas, il ne me reste plus que la Légion étrangère !

— *Oh ! non, allez !... ce n'est pas le temps où il commandait un cuirassé qu'il regrette !...*

— *Et coquet avec ça !... Il ne sort jamais sans mettre un cheveu blond sur son revers !...*

— Oui, ma femme est là. Elle écoute les informations.

— Qu'est-ce que ça veut dire ça ? Ton horoscope annonce un voyage à deux, et pas le mien !

— Fais-moi rire !

— On se le fait à la gréco-romaine ou au karaté ?

— *Ne te plains pas ! l'étonnant après tant d'automnes, c'est qu'il en reste !*

— *Dès qu'arrive le printemps, c'est plus fort que lui, il jardine !...*

— C'est pas rien, je t'assure, de vivre avec un frileux impatient !...

— *Moi, veux-tu que je te dise...*

— *Non !*

— Oui,... je sais... on aura une voiture quand tu auras une situation d'avenir !

— *Qu'est-ce que vous pariez qu'il va tomber dans la rue ?*

— *Attention ! je vois ton jeu !*

— *Si j'avais su qu'on s'embête tellement en vieillissant, je serais restée jeune !*

— *J'ai bien fait de garder mes robes de jeune fille, on revient peu à peu aux modes de jadis.*

— *J'ai mes pauvres !*

— *Vous ne m'aviez jamais dit que vous aviez la Légion d'honneur !*

— Le pépère, il est très fâché !... le pépère, il n'aime pas qu'on saute des meubles comme ça !...

— *Vous savez ce que c'est !... Depuis qu'il a un tournevis neuf, on ne peut plus le tenir !*

— Dinde de jambon d'York, truffée de nouilles à l'eau !...

— C'est bon ! j'accepte votre cœur. Mais au premier signe d'infarctus, je vous le rends !

— *Je répare comme je peux : c'est moi qui l'ai ruiné en 1925 !*

— Qu'est-ce qu'on fait, on joue aux dames, on regarde la Télé, on va faire un tour ou on se dispute ?

— *Venez voir !... on a retrouvé nos 20 ans !...*

— Eh bien ! Où est ta bergère, toi ? Où i

moutons il y a toujours une bergère, non ?

— A chaque printemps, il suit des cours de recyclage.

— *Faites pas attention ! il est gagné par cette nouvelle mode de la pornographie !*

— *Et celle-ci de 1920 « Epousez-moi, Berthe, je vous couvrirai d'or et de diamants, je vous... »*

— *En ce moment, bien sûr, tu m'aimes toujours ! mais quand je serai vieille ...?*

— Eh ben ! On voit bien que c'est pas la barbe qui fait le Père Noël !

— *Tu as encore rapetissé !*

JACQUES FAIZANT

— *Ne le regardez pas, ou il ne va plus s'arrêter de faire l'intéressant.*

— *Après celui-ci, je n'en reprendrai pas d'autre, c'est trop de tracas !*

— Oui, mais pour cacher ses yeux, il doit falloir qu'ils soient bien moches !

— Pour moi, ce n'était pas du décaféiné qu'ils nous ont servi !

— *Vous écrivez ça comment ?*

— *Dans le genre « petits-restes-réchauffés-vite-fait » qu'est-ce que tu aimerais manger de bon ce soir ?*

— *Madame, en réponse à votre honorée de ce jour...*

— Toi,, tu viens du café... tu sens la grenadine à plein nez !...

— C'est un programme très séduisant, jeune homme, mais je dois à la vérité de vous prévenir que vous vous êtes trompé de numéro !

— On n'aurait pas le tiercé, tiens, je me demande ce qu'il nous resterait !

— *C'était une boutade !*

— Si au moins Gaston et Marthe venaient, on pourrait faire un double !

— *Tu vois : on a beau avoir lu Kierkegaard, Schopenhauer et Delly, on reste toujours médusé devant le tréfonds de l'âme humaine !*

— Il ne faudrait pas me pousser beaucoup pour que je fasse une petite sieste !

— Ça ! il faut bien le reconnaître... il est patient !

— *Vous savez... quand on est un maniaque du baise-main !*

— *Je n'ai jamais pu lui apprendre le vrai baise-main !...*

JACQUES FAIZANT
© I. M. P.

AU FEU!

— *Si vous aimez voir de la belle baffe comme à la maison, regardez bien !*

— Un jour par an, on peut bien rêver !

— *Ah ! non ! Tu ne vas pas recommencer comme à Venise en 1912 !*

— *Nous, ça va !... il dort ; moi, je réveillonne...*

— Voilà-t-il pas qu'il me fait comme une allergie aux dames octogénaires !

— *Allô Ménie Grégoire ?*

— *Alors ?... c'est le démon de minuit ?*

— Bon !... Alors, si c'est pas toi qui chantes, c'est qu'il faut encore graisser le volet de la salle de bains !

— *Qu'est-ce que vous distribuez là ? J'en ai pas eu, moi !*

– *Tu es comme mes 6 premiers maris : tu veux m'apprendre à reconnaître les champignons !*

— *J'ai laissé un peu brûler ton cassoulet pour ne pas être tentée d'en manger !*

— *Et pourtant, je vous proposerais l'échange, je suis sûre que vous feriez des histoires !*

— *Et ne fais pas le goinfre, comme d'habitude !*

– Je ne suis pas particulièrement antimilitariste, mais alors... vos souvenirs de régiment !...

— *Hier soir on a longuement parlé de foie-gras et de langouste, c'est peut-être ça ?*

— *Saute !*

— *Ciel ! mon mari ! Comme je disais au bon vieux temps !... tu te souviens ?*

— *Vous n'auriez pas une tisane qui énerve un peu ?*

— *Tu es gentil, mais le cafard, tu sais, ça ne passe pas comme ça !*

— Ça aussi, tiens, ça fait partie des choses que tu ne fais plus !

— Ah ! vous l'avez décidé à venir, je vois !

— Tes œufs au plat, tu les veux en omelette ou brouillés ?

— Tiens ! on parlait justement de vous !

— *Quand vous aurez fini de faire l'intéressant, vous viendrez prendre le thé !*

— *Ce qu'il y a d'agaçant chez toi, c'est le sentiment précis que tu as de ton âge !*

*Ce volume
a été achevé d'imprimer
le 5 septembre 1984
sur les presses de
l'Imprimerie Hérissey
à Évreux*

*N° d'édition : 1850
Dépôt légal : octobre 1984
N° d'impression : 35252*